WHO I AM?

NISHA SAARSAR

Contents

This book has only the personal thoughts of the author. No person or living thing is related to it.

It is her real-life incidents that are shared through words. This is her memoir only.

WHO I AM?

Dil chahta hai ki main bhi ek normal-si zindagi jee saku. Lekin malum nahi ye sab mere sath kyon ho raha tha.

Bachpan me Maa ne bhagwan se iss tarah jod diya ki aaj tak main alag nahi ho paa rhi. Kayi dafa aisa lagta hai ki bas khuda mujhe ab azad kr de. Iss duniya se, inn logo se aur khud mujhse. Ye duniyavi chijen mujhe apni taraf sirf kuch waqt ke liye khinch sakti hai lekin hamesha ke liye nahi .

Bachpan se ab tak bas mujhe sirf khuda hi chahiye tha jo kisi ke sath na hi ladta aur na hi kisi bhi tarah ka fark karta. Khuda to sabse mohabbat krta hai. Sabhi se!

Fir ham log ye kyon nhi samjh paate ki jo hawa hamare mulk mein hai v wohi hawa dusre mulkon mein bhi jaati hai. Jo aasmaan hamare sar par hai wahi aasman dusron ke liye bhi hai, Jis zameen par hum hain vo zameen bhi kabhi insaano mein fark nahi karti. To fir hum kaun hain jo insaaniyat mein fark karte hain.

Kabhi khaane par, to kabhi pehnne par to kabhi bolne ke andaaz par..

Aakhir hum sab hain to insaan hi. Lekin kuch galtiyon ki saja baki ke masoom logo ko kyon milti hai.

Ye jaante huye bhi ki hum sabhi ko ek din ye jahaan chhod kr jaana hi hai. Fir iss jahaan par hum kyon apna haq dikhate hain. Jo kabhi hamara hai hi nahi.

Maut ke baad insaan ke sath uski nekiyan jaati hai. Na ki ye duniyavi daulat.

Fir kyon iske piche log bhaagte hain.

Aaj jo sabse khoobsurat hai wahi dil se sabse jyada badsurat hai. Lekin nahi, hame to sabse khoobsurat chij chahiye. Aur agar koi khoobsurati na dekhe sirf sacchai ya neki ko dekhe to insaan sochta hai jaroor koi lalach hai.

Ye insaan hai, Iski zaroorat kabhi puri nahi ho sakti.

Kabhi Nahi.

Ye matlabi hai.

Jiske paas bhagwaan hai use sirf bhagwaan se matlab hai.

Jiske paas khuda hai use sirf khuda se matlab hai lekin khuda aur bhagwaan kaun hai ye unhe nahin malum aur na hi vo janne ki koshish karte hain.

Ye hai insaan jo sirf apne matlab ke liye khuda ko yaad krta hai. Aur bewajah jahaan me sukoon aur aman ko kharab krta.

Na jaane konsi galat-fehmi mein ye insaan jee raha hai.

Kyon use khuda ki ba-sharte mohbbat nazar nahi aati.

Na jaane ye apne khawahishon ko dafan kyon nahi karta.

Bechaara bhul jaata hai ki ye khawahish use barbaad bhi kr sakti hain.

Aur jab vo pura barbaad ho jata hai to aakhir mein khuda se sawaal karta hai

"Tune aisa kyon kiya"

Kya wakayi aisa hai ki jo bhi kuch galat hota hai vo khuda ne kiya hai

Nahi bilkul bhi nahi.

Agar aisa hota to ham kabhi iss duniya mein nahi aate.

Varna aise bhi mamlat samne aaye hain jisme paida hote hi baccha 2 saans lekr iss duniya se rawana ho jaata hai.

Parivaar mein agar kisi khaas ki maut ho jaaye to bhi unhe zindagi ki ahmiyat ka ehsaas nahi hota.

Main kareeb 5 saal ki thi jab mujhe ajeebo-gareeb chehre dikhai dete the. Kabhi khwaab mein to kabhi khuli aankho se.

Khuda par yakeen rakhna galat nahi aur jo insaan sabse jyada khuda se mohbbat krta hai use aksar aisi chijon ka saamna krna padta hai.

Kaisi chijen?

Spritual aur supernatural maybe.

Main kuch chijon ko jaldi samjhne lagi thi jaise waqt chah raha hai ki jo sikhna hai aur kuch bhi krna hai waqt rehte kar lo na jaane kitne roz baaki hai. Apni umar se jyada maine sikha hai.

Kabhi main bacchon ke sath baithna pasand krti hun to kabhi buzorgon ke sath.

Aur baat sirf khuda ki.

Ma Sha Allah!

Aisi jagah mujhe bahut sukoon milta hai. Jahan har taraf hara rang ho yaani hariyali ya fir ye kahun ki jaahan sukoon ho aur iss matlabi insaan ki pahunch na ho.

Chalo maana ye to meri soch hai ya fir meri tassavur. Lekin fir bhi har insaan yahi chahta hai ki vo duniya ki tamam fikr se duur rahe. Jahan kisi bhi tarah ki fikr na ho. Shor na ho, Jalan na ho, fark na ho!

Lekin iss duniya mein rehne vaale log ye kabhi nahi samajh sakte ki ye sab, jiske picche ham daud rahen hain sirf aur sirf duniyavi zaroorten hain jo kabhi hamare sath nahin jayengi, sirf hamare acche karam aur neki hi hamare sath jaati hai.

Mera Khuda

Mera khuda iss lafz se jo sukoon milta hai shayad aur kisi lafz se na mile.

Aksar ham apni sari takleef apni maa ko batate hain usi tarah main bhi apni baat apni takleef apne khuda ko batati hu lekin ab nhi, kyonki ab vo meri har baat se waaqif hai. Vo jaanta hai ki mere zehan mein kya chal raha hai.

Kaun galat hai aur kaun sahi.

Main aisi insaan hun ki jab main khuda ke baare me baat krti hun to mujhe sirf usi ki baat krni hai. Main apni puri zindagi khuda ki baatein krne mein guzaar sakti hun.

Mujhe malum nahi ki main iss parvardigar ke baare mein itna kyon sochti hun? Kyon main dusri ladkiyon ki tarah nahin hun? Kyon mujhe sajna sawarna pasand nahin?

Kyon mujhe dusre logo ki tarah rehna pasand nahin? Kyon mujhe saadgi pasand hai?

Iss par kayi dafa mazak bhi banaya gaya lekin maine kabhi gaur nahi kiya.

Kya baar mujhse ye bhi pucha gaya ki kya mujhe koi shaksh pasand hai ya nahi.

Haan mujhe vo shaksh chahiye jo mujhe khuda ke sath jod kr rakhe na ki duniya se. Jo meri soch ki kadr kare. Jiski soch paak ho. Dil Saaf ho

Meri tarah Jhuth aur galat lafzon, dikhawe ki zindagai par yakeen na krta ho.

Kya aisa koi insaan hai nahi beshaq nahin lekin kuch log aise ho sakte hai.

Duniya main koi bhi bura nahi sirf halaat hi use bura banate hain.

Insaan ka kirdaar dusre insaan ke kirdar par badlta hai lekin uski sirat kabhi nahin badalti.

Jisko jitna ilm hai vo utna hi use apni zindagi mein apnata hai.

Fir bhi mera khuda sabhi se mohbbat krta hai. Lekin usse mohbbat kuch log hi karte jinhe pata hai ki Khuda kaun hai.

Kaash ye duniya apni main chhod de aur sirf iss khuda ko yaad krke iss zindagi ko pura kare.

Main 9th class main thi jab mere zehan mein Urdu sikhne ka khyaal aaya.

Main urdu bahut hi shiddat se sikhna chahti thi.

Mere ghar se 5 ghar chhod kr ek ghar tha Jo meri friend Rubina ka ghar tha. Rubina meri bahut hi acchi dost thi jisne mujhe Urdu ke kuch lafz sikhaye aur mere liye kaayde bhi lekr aayi. Meri madad krna use accha lagta tha.

Har Eid par vo mujhse mehandi lagavati thi. Aur mere liye kheer bhi laati thi.

Lekin jaldi hi uski shaadi ho gayi. Uski umr kam thi, ye dekhkr mujhe bahut dukh hua. Aisa nahi hona chahiye tha.

Us din se mujhe koi urdu sikhane vala nahin tha.

Maine bhi ye khyaal apne zehan se nikal diya.

2 saal baad maine college join kiya. Jahan mujhe bahut acche dost mile.

Social media par bhi mujhe meri ek dost mili jo Afghanistan se hai.

Uska naam Anila hai.

Hum duur to bahut hain lekin sabse jyada kareeb hain. Dil se.

Aur aaj bhi, Meri dost ka dil bilkul saaf aur nek hai. Zindagi rahi to main usse zaroor milna chahungi in sha allah.

Anila meri bahut fikr karti hai, hamesha se hi ek badi behan ki tarah.

Ham zindagi rehte ek dusre se milna chahte hain lekin malum nahi ham kab milenge.

Aaj anila ki shaadi ho gayi hai aur uski ek beti bhi hai Esra, 2 saal ki.

Jo mujhe “Khala” kehkr bulati hai.

Jis duniya ke logo par main jara sa bhi yakeen nahin krti thi us duniya main nek dil insaan bhi hain ye jaankr bahut khushi huyi. Aur main khushnaseeb hun ki anila meri dost hai ya fir main ye kahun.

She is my sister from another nation.

She is my sister from another mother.

Fir college ke dino me main Dr.Zeenat Khan se mili. Waise to class main unke bahut se students the jo unki attention paana chahte the. Lekin unki sabse jyada attention mujh par hi thi. Aaj bhi vo mujhe pehchaanti hain.

"Aur mujhe my dear Nisha kehkr bulati hai."

Sach main kuch to nek kaam kiya hain maine jo mujhe khuda ne itne pyaare logo se milaaya hai. Ye mere apne hain.

Fir sochti hun ki na jaane main kaun hun jo ye log mujhse itni mohbbat karte hain aur aaj tak mere sath connected hain.

Ye khuda ka mujh par karam hai, jo usne mujhe aise logo se mukhatib karvaya.

Ek waqt aisa tha jab mujhe koi dekhna bhi shayad pasand nahin krta tha sivay meri Mom ke.

But apne liye itni ahmiyat dekhkr bahut khushi huyi. Aur yakeen bhi majboot hua ki khuda yaheen-kahin hain.

Mujhe khuda ke baare mein aur janna tha aur is safar main mujhe khuda ke nek insaan bhi mile.

Jis umar mein log ishq-mohabbat farma rahe the use umar mein maine Khuda ke baare mein hi sochti rehti thi.

Meri ek aunty thi jo Christian thi. Vo na hi bol sakti thi aur na hi sun sakti thi. Unse baat krne ke liye mujhe sign-language ka istemaal krna padta tha. Lekin vo bahut acchi aunty thi. Unhone mujhe Holy Bible padhne ke liye di.

Jab maine unse ishaaron mein pucha ki aap ne mujhe ye kyon di hai ?

To unhone ne ishaaron mein kaha please get to know more about Jesus Christ.

That's really heart-touching.

Fir main satsang jaane lagi, Mujhe satsang jaana accha lagta tha jahan ek khuda ki bat hoti thi aur logo ko samjhaya jata tha ki khuda ek hai, parvardigar ek hai, bhagwaan ek hai.

Uss satsang mein kareeb-kareeb sabhi mazhab ke log aate the chaahe vo hindu ho ya muslim ya fir sikh-isaai.

Bahut accha lagta tha ye sab dekhkr ki sahi mayne mein ab duniya ki aisi jagah mili hain jahan sabhi milkar ek khuda ki baat krte hain.

Lekin yahan bhi mujhe ek hi baat ka ehsaas hua ki baat karna aur use apni zindagi mein amal karne mein bahut fark hai.

Log ek kaan se sunte hain aur ek kaan se bahaar nikalte hain.

Asal mein to lakhon mein se ek insaan hi hota hai jo khuda ko ek maanta hai aur jise ilm hai.

Yaa fir jise gyaan hai ki bhagwaan kaun hai vahi sabse behtar zindagi ji sakta hain. Bahut kam hain aise log aur mujhe lagta hai ki aise logo ki apni alag hi pehchan hai aur saadgi bhari zindagi hai.

Ab baat karte hain unn bacchon ki jo ya to 3 maheeno ke hote hain ya fir 2 aur 3 saal ke.

Mujhe yaad hai 3 maheene ka baccha lagatar palke jhapkayen mujhe hi dekh raha tha. Uss waqt main satsang hall mein thi. Jab vo nanha dost mujhe dekhte hi ja raha tha. Uski mother ne uski nazar hatane ki koshish bhi ki lekin vo nahi hata raha tha. Hall mein sabhi ye dekh rahe the.

Aur kuch dino main aisa hi ho raha tha ki jo bhi chhota baccha hota vo mujhe dekhta jaata. Aur kuch to mere dost bhi ban gaye the.

Mujhe chhote bacchon se bahut mohabbat hai. Ye bacche mujhse aise baat krte the jaise main inhi ki umr ki hun.

"Ma Sha Allah"

Kitna sukoon hai inn bacchon ke saath. Inki bhi duniya khaas hai.

Aur bacchon mein to khuda ka noor hai infact har insaan mein khuda ka noor hai.

Aur yahi ehsaas vo khuda baar-baar karvata hai.

Har waqt to khuda apne hone ka ehsaas hame karvata hai lekin ye zaalim insaan apni main chhod kr khuda ki panah mein khud ko nahi rakhna chahta.

Ye insaan to iss duniyaavi chijon ka shaukeen hai. Na hi ye insaaniyat ki kadr karta aur na hi apne guroor ko khaak hone deta.

Fir shikwa bhi khuda se karta hai ! Waah!

Family mein sirf main hi sabse jyada padhi likhi hun. Chijon ko jaldi samjhti hun.

Agar main God-lover hun to iska matlab ye nahin ki main duniyadari se bilkul hi alag hun.

Lekin haan! Main kuch to alag hun. Shayad main kuch dekh sakti hun future ya fir ye kahen aane vala waqt.

Khair kuch dino ke liye to maine ye sab veham hain.

Lekin mujhe kuch mehsoos hota tha.

Jaise :-

Mere Chacha ki death.

Mere Dada ji ki death.

Baba ji ka accident.

Ye sab khwaab mein dekhkar to meri rooh hi kaanp gayi thi.

Aur hairaani jab huyi

Jab maine apne father ki death ko bhi 3 din pehle dekh liya tha.

Aur uske baad to yeh silsila chlta ja raha tha.

Maine iss wajah se sona bhi band kr diya tha.

Lekin ye sab nahi ruka nahin. Fir mujhe ye sab khuli aankhon se dikhne laga.

Agar koi mujhe kahin yaad krta to mujhe pehli hi pata chal jata.

Ek gehri saans aati aur dil jaise sikud kr fir se fool jata.

Meri Mom aur mera shayad koi strong connection hai. Jab main mom ko yaad krti to mom ka dil ghabrata aur jab mom mujhe yaad krti to mujhe sirf apni mom ka chehra dikhayi deta.

Koi takleef mein hota to uski takleef mujhe bhi hoti.

Yahan tak mujhe thoda ajeeb laga. Fir socha ki shayad ye bhi mera veham hai.

Chalo koi baat nahi.

Lekin hadd to tab huyi jab iss shaksh ki takleef kuch alag hi mujhe mehsoos huyi.

Pehli baat to ye... Ki main kabhi isse mili nahin.

Jab pehli baar book ke liye baat huyi to thik usi raat kisi ne khwaab me aakar iske baare mein bataya.

Vo lafz kuch iss tarah the.

"Ye kuch pareshan hai. Aur iski mother bimaar hai. Ek aankh mein thoda fark hai. Jaisa dikhta hai waisa bilkul nahin. Dil bhi saaf hai.

Lekin khud apne baare mein kuch nahin jaanta."

Fir ek din baat-baat mein hi maine uss se uski family ke baare mein pucha. Ye bhi pucha ki kya ghar mein koi bimaar hai.

To usne kaha "haan"

Maine pucha kaun?

Usne kaha "MOM"

Mere liye badi hairaani ki baat thi ki main apne ghar ke baare mein to dekh sakti hun lekin. Kisi aur ke baare mein kaise? Aur vo jo itni duur rehta hai jisse kabhi vaasta bhi nhi tha aur na hi kabhi usse mile.

Mazhab bhi alag, religion bhi alag aur country bhi alag. Kisi se ye baat agar puchi bhi jaaye to shayad sab mazak banaye. Isliye maine batana zaroori nahin samjha.

Kayi dafa maine iss shaks ko samjhane ki koshish bhi ki. Aur kuch bataya bhi ki main tumhari takleef ko apne khawaab mein dekh sakti hun. Jab tumhe takleef hoti hai to mujhe bhi takleef hoti hai. Tum so nahi paate to main ye bhi apne khawaab mein dekh leti hun. Aisa mere saath kyon hota hai. Iski kyaa wajah ho sakti hai.

Din bhar mein apne kaam mein lagi rehti hun. Waqt bhi kam hota hai.

Aisa bhi nahin hai ki main uske baare mein jyada sochti houn.

Fir kyon?

Lekin usne to ye baat mazak mein li.

Fir maine apni friend se iss baare mein pucha to usne kaha ki aisa tab hota hai jab khuda aapko kuch dikhana chahte ho ya batana chahte ho. Ya fir tumhari rooh paak hai isliye tumhari rooh ko uske baare mein sab dikhai deta hai.

Fir maine Apni TAROT CARD reader se pucha ki ye sab kya hai.

Usne bhi same yahi baat kahi.

Aur mujhe ye bhi yaad aaya ki maine tarot reader se ek sawal bhi kiya tha.

"Us shaksh ke baare mein jo aksar mujhe khawaab mein dikhayi deta tha.

Tarot reader ne mujhe bataya tha

"Ki woh insaan exist krta hai lekin jis chehre mein aap ko nazar aata hai usme bilkul nahin."

'Maine pucha ki vo kaisa dikhta hai ?'

Usne kaha ki uska chehra thoda ranveer singh jaisa hai. Aur uska car ka business hai.

Tarot reader ne mujhse kaha "hold my hand and close your eyes

You can see his face."

I was wondering that I can see him and he was in black shirt with black car.

Ye baat 2021, January ki thi.

Lekin ye shaksh mujhe 2022 mein mila. Ek-Ek baat isse mil rahi thi.

Aur main hairaan thi.

Kya aisa bhi hota hai.

Ye mere liye bahut hi ajeeb si baat thi.

Isliye maine ye sab iss kitab mein likh diya.

Usne bhi kaha tha ki

"Likh do kitaab mein aisa tha, waisa tha"

Tum kaise ho mujhe nahi maloom lekin main aaj bhi yahi kahungi ki tum jaise ho acche ho aur tumme khuda ka noor hai.

Aur iss tarah waqt ne mujhe kam umar mein bahut kuch sikha diya.

Shayad bahut jaldi.

Mujhe duniya se kuch nahi lena na hi kisi shaksh se.

Meri rooh aur mera zehan sirf yahi kehta hai ki iss khuda ke siva kisi ko apne dil mein jagah na de.

Aakhir mein isi KHUDA ne aapko apni panah mein lena.

Na jaane log bewajah kyon ladte hain kabhi mazhab ke naam par to kabhi dharm ke naam par.

Main har insaan ko ye kehna chahungi ki bas ek dafa sukoon bhari jagah pr baithiye aapke dil mein uss parvardigaar ko jagah dijiye. Mehsoos kijiye, badlon mein, phoolon mein, parindon mein, hawaon mein.

Har jagah wahi to hai.

"Allhamdulliah"

Mujhe to sirf wahi nazar aata hai aur koi nahi. Ya to apni maa ki gaud mein mujhe sukoon milta hai ya fir iske naam se.

Sab kaam chhod kar mein iska zikr bar-bar karna chahti hun.

Meri aankhen khushi se chamak uthti hai jab koi mujhse iska zikr krta hai.

Mujhe neele aasman ko dekhkar aisa lagta hai ki mera khuda mujhe sun raha hai.

mujhe dekh raha hai.

Fir iske baad mujhe duniya nahin dikhayi deti sirf aur sirf sukoon.

Jahan koi ladta nahin, jahan koi unchi awaaz mein baat nahi karta, jahan chhota-bada kuch nahin hain.

Jahan sukoon hai aur uss parvardigar ki banayi gayi har chij ki ahmiyat hai.

Ye Chaand, Sitare, Suraj, Aasmaan, Aasmaan mein safed parindey. Titliyan aur phoolon ki khushboo. Ye sab usi ke hone ka ehsaas hai.

Aur iss duniya mein sab kuch alag hai.

Fareb, Jhuth, jalan aur maar-kaat.

Agar sabhi sukoon se rahen to ye duniya kisi jannat se kam nahin

Lekin kisi ko shayad sukoon se rehna pasand nahi.

Sabhi to daulat ke ghulaam hain. Jiske paas jyada hai daulat hai use aur chahiye. Jiske pass kam hai usse bhi daulat chahiye.

Lekin jiske paas Ilm hai aur sabr hai

Use to sirf Khuda chahiye.

Jis haal mein khuda use rakhega vo usi haal mein sabr ke sath

rehna pasand karega.

Khuda ko to sab maante hain lekin Khuda ki koi nahi maanta. Ye jaante huye bhi ki jism bhi hamara nahin hain.

Aur fir iss insaan ki shikayten bhi kabhi khatam nahin hoti.

Printed by Libri Plureos GmbH in Hamburg, Germany